CHAMBÉRY

HIER ET AUJOURD'HUI

Grande Revue locale en 4 actes et 14 tableaux

PAR

MM. Albert LAPORTE et Ernest RIGODON

REPRÉSENTÉE

Pour la première fois sur le théâtre de Chambéry
le 5 mars 1869

DIRECTION LECOCQ - SABATIER

Extraits de la Pièce

Prix : 50 cent.

— ◆◆◆ —

CHAMBÉRY

IMPRIMERIE MÉNARD ET COMPAGNIE

Rue Juiverie, hôtel d'Allinges.

1869

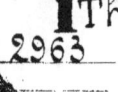

CHAMBÉRY

HIER ET AUJOURD'HUI

Rondeau de l'Année 1869.

Je suis sur terre et ne sais, quel martyre !
Comment tirer mon épingle du jeu.
Sais-je comment je devrai me conduire ?
Ah ! j'ai besoin qu'on me l'enseigne un peu.
Soixante-huit m'a donné la consigne
En me disant : « Je n'ai rien fait de bien. »
Mais à regret, ma foi, je me résigne,
Et je veux faire autre chose que : rien !
Pourquoi, sur terre, alors serais-je née !
Sans nouveautés il me faudrait marcher.
Comme Sisyphe, on verrait cette année
De mois en mois rouler même rocher.
Je n'y tiens pas, et, quoique l'on me dise :
« Rien de nouveau se fait sous le soleil. »
Je veux prouver que c'est une sottise,
Jouer enfin un rôle sans pareil ;
Soixante-huit, en régnant sur la terre,
Je passerai par tes mêmes chemins,
Pour éviter le mal que tu pus faire
Et contenter tous ces pauvres humains.
Ainsi, je veux que les saisons en masse
Dans leurs calculs ne se dérangent pas,
Et que chacune au moins soit à sa place :
Que Jupiter m'évite ce tracas.

LA PLUIE.

Je suis la Pluie, il faut à Votre Altesse
Des fleurs, des fruits, des vignes, des mois-
Vous me devrez toute cette richesse.   [sons :

LE SOLEIL.

C'est faux ! Pourquoi compter sans mes ra-
Moi, le Soleil, malgré cette pimbèche [yons?
Je soutiendrai qu'à moi vous devez tout ;
Car mon soleil fait mûrir.. .

LA PLUIE.

                Mais il sèche,
Et sans la pluie on n'en viendrait à bout.

LE VENT.

Je suis le Vent.

L'ANNÉE 1869.

        Chez moi, pas de tempête.
Soixante-neuf n'en veux pas.... Toi, Brouil-
Cours à Lyon où l'on te fera fête.   [lard,

LE FROID.

Voici le Froid.

L'ANNÉE 1869.

        Hélas ! que tu viens tard !

JUPITER.

Mais que veux-tu ?

L'ANNÉE 1869.

         Voici l'hiver qui passe,
Fais modérer pour moi les éléments.

JUPITER.

Soit ! j'y consens.

L'ANNÉE 1869.

        Et puis fais-moi la grâce
De me donner le plus gai des printemps.

TOUS.

A cette année, il faut que sur la terre
On fasse honneur, et que le roi des dieux,
Grâce aux saisons qui vont régler la terre,
Tire à ses jours un horoscope heureux.

Couplet du Printemps.

Air : *Rigolette.*

Je suis mignonne
Plus que personne,
Le ciel me donne
Le réveil des amours.
Heureuse étoile
Rien ne la voile
Tout me dévoile
Que j'aurai de beaux jours !
Saison nouvelle
Je serai belle
Car j'étincelle
Des feux les plus brillants,
Ah ! saluez le printemps (bis).

Couplet de Mercure.

(Air : *Bonne aventure)*.

Je suis le dieu des voleurs,
Voyant tout, j' vous jure.
Je suis souvent des auteurs,
Le céleste augure !
Je suis pour le voyageur
Un Dieu tout rempli d'ardeur :
Et le commerce a l'honneur
D'adorer Mercure.

Rondeau de Mercure.

A vol d'oiseau de la Savoie
Pour voir la capitale, allons !
Son panorama se déploie
Dans la vallée, au pied des monts.

C'est au milieu des arabesques,
D'un pays riche et curieux,
Parmi des sites pittoresques
Que Chambéry s'offre à nos yeux.
Voici d'abord la cathédrale
Avec son antique portail,
La sainte chapelle signale
Chevet gothique et beau vitrail.
Là haut, le vieux castel élance
Dans l'air son donjon reconstruit :
Il regard' de son éminence
Le Faubourg Maché qui lui rit.
Laissons le jardin botanique
Et le musée, en ce faubourg
Entrons !.. Mais non... Quelle panique !
C'est bien laid, faisons-en le tour.
Le Lycée est un édifice
Célèbre encor par ses tableaux,
Et quant au Palais de Justice
C'est un monument des plus beaux.
Mais chaque rue est tortueuse :
Il faut descendre, il faut monter
La ville est assez populeuse,
Sans doute on aime à l'habiter.
Un concert ! courons sur la place,
Sur la place de Saint-Léger,
C'est une grande rue où passe
Principalement l'étranger.
La municipalité soigne
Ce quartier, ma foi, très-joli,
Près de la fontaine de Boigne
On dirait la rue d' Rivoli.
Puis ce sont des routes coquettes
Qui vous mènent aux environs
A Saint-Martin, puis aux Charmettes,
La reine des excursions.

Madame de Warens encore
Surgit de notre souvenir,
Le jeune Rousseau qui l'adore,
Dans ces lieux semble revenir
Châteaux, cascades et montagnes,
Ruisseaux, rivières et torrents,
Parterres, vignobles, campagnes
Y font des sites ravissants.
A vol d'oiseau, de la Savoie
Voilà la capitale, allons
Voir Chambéry qui se déploie
Dans la vallée au pied des monts.

Couplet de Jupiter.

AIR : *De sommeiller encor ma chère.*

C'est difficile, sur mon âme !
J'arrive et je me perds aussi ;
Je trouv' tout beau, surtout la femme
La preuve, je la vois ici !
Ma femme est bell', je le concède,
Très-belle mêm', mais entre nous,
Mesdam's elle serait la plus laide
Si je la voyais parmi vous !

Couplets de la Presse.

AIR : *Oeil crevé* (polonaise).

A Chambéry, nous avons
Sans qu' Paris nous les envoie,
Des journaux de tout's façons,
Le *Journal de la Savoie*
    En premier.
    Le *Courrier*
Des Alp's suit une autre voie !
    Un autre non timbré
Par Lebrun est préparé.

Dans ces journaux très-bien faits
Les tendances cléricales
Coudoient souvent les bienfaits
Des tendances libérales.
    Savoisiens,
    Chambériens
    Notre Presse
    Intéresse !
Messieurs Barbe et Pouchet,
S'entendent à ce snjet.

Rondeau du guide de Chambéry.

Air : *Saltarello*.

LA PRESSE.

Il faut qu'avec moi tu traverses
Tout Chambéry, du haut en bas,
Tu verras ses divers commerces,
Les magasins ne manquent pas !

JUPITER.

Je n'aime guèr's que l'on me vole
Dans les hôtels !

PRESSE.

      Les nôtres sont :
Des Princes, de la Métropole,
Les voyageurs sans crainte y vont !

JUPITER.

La société fait mon affaire !

LE GUIDE.

Chez M'sieur Régippa, chez Rostaing,
D'amis vous ne manquerez guère !..
Les huîtr's chez eux ne manquant point.

JUPITER.

Pour des diners de toutes sortes !

LA PRESSE.

Vois l' nouvel établissement
Qui l'an dernier ouvrit les portes

De son immense restaurant,
Il a vraiment une bonne mine
Et rappell' Duval d' Paris,
Riche ou pauvr' chacun y dine,
Car il en a pour tous les prix !

JUPITER.

Je veux m'habiller à la mode !

LE GUIDE.

Chez nous l'All'mand, l'Italien
Sont bons tailleurs.

JUPITER.

           C'est mal commode !..
Leur langu' je n' la comprends pas bien.

LA PRESSE.

C'est leur pays, sois donc tranquille !

JUPITER.

Tant mieux, je veux avoir du chic !

LE GUIDE. *(A part)*.

M'sieur Bailly, l'empailleur de la ville,
De lui ferait un bon trafic !..

JUPITER.

Un cordonnier pour ma chaussure !

LA PRESSE.

Drivet, Meyffret et Plaut sont là !

JUPITER.

Un perruquier pour ma coiffure !..

LE GUIDE.

Des perruquiers ?... Ecoutez ça :
Un' chevelure est-elle malade ?
Pollingue et Claudius, bientôt
Avec leur superbe pommade
La guériront, et comme il faut !
Si pour la peau ça n' peut suffire,
J'en connais un, parol' d'honneur !
Qui vous ira !

JUPITER.

      Vite il faut l' dire !

LE GUIDE.

C'est le roudio l'équarisseur !

JUPITÉR (*furieux*)

Je vais vous flanquer une danse
Si vous continuez ainsi !

LE GUIDE.

M'sieur Bell'main vous montrera,j'pense
S'il est encore à Chambéry !

JUPITER.

Enfin, je voudrais savoir l'heure.

LA PRESSE.

Bécherat d' Genève t' la dira !

JUPITER.

Des bric-à-brac dans ma demeure ?

PRESSE.

Bazar Fribourg on ne voit qu' ça.

JUPITER.

Je veux des nouveautés pour dames !

PRESSE.

Les magasins n'en manquent pas !
Mais si tu n' crains pas les réclames,
Va chez Pepin, tu choisiras ?

JUPITER.

Je veux de la pâtisserie !..

PRESSE.

Chambre demeur' tout près d'ici ?

JUPITER.

Et fair' fair' ma photographie.

PRESSE.

Perrot n'est point encore parti.
Puis pour nous r'poser d' cett' tournée
Dont nous ne verrions pas la fin,
Nous irons finir la journée
Aux cafés Guillet ou Gustin ?

ENSEMBLE.

Enfin il faut que tu traverses, etc.

Couplet des Ramoneurs.

AIR : *Les Pifferari* (ou le Pifferaro).

Des Parisiens nous devenons les hôtes,
Et nous allons là-bas chercher des sous,
Et ramoneurs ou porteurs de marmottes
Riches un brin nous revenons chez nous.
Nous finissons notre tour en Savoie
Pour compléter notre petit butin.
A Chambéry, Paris lui-même envoie
Ses Savoyards avec ce gai refrain :
      Vive la Savoie
      Où Paris envoie
      Petits ramoneurs
      Et petits chanteurs !..
      Nous aurons tous
      Bientôt chez nous
      La soupe aux choux
Que pairont ses gros sous !

Dialogue de la Leysse et de l'Albane.

AIR : *Brésilien (Vie Parisienne)*

LA LEYSSE.

La Leysse au moins d'une rivière
Mérite mieux le nom que vous ?

L'ALBANE

Je crois que vous ne charriez guère
Dans votr' torrent que des cailloux.

LA LEYSSE

Je traverse toute la ville,
Qui se reflète dans mes eaux,
Tandis que vous, comm' c'est utile !
Vous passez dessous en canaux...
Moi j'ai des ponts en fer, en pierre,
De Saint-François et du Reclus ;

L'ALBANE.

Je vois même sur vot' rivière
Le plus beau des ponts suspendus.
Le faubourg Maché que j'arrose,
Ne se plaint pas du tout de moi.

LA LEYSSE.

Mais vous n'y sentez pas la rose
Et vous devez savoir pourquoi.

L'ALBANE.

Ne suis-je pas pleine de grâce
Près du Buisson-Rond en été?

LA LEYSSE.

Elle est fièr' parc'qu'elle passe
Près d'une belle propriété !

L'ALBANE.

Vous n'avez aucune industrie,
Votre torrent ne sert à rien.

LA LEYSSE.

J'aime autant rien qu'un' tann'rie,
Je ne vous envi' pas ce bien.

REFRAIN D'ENSEMBLE
bissé seul et chanté au 2ᵉ couplet
seulement.

Enfin de l'Albane et La Leysse
Quelle est la plus bell' s'il vous plait?
C'est à Chambéry que je laisse
Le soin d' répondre à ce sujet !

Ronde du faubourg Maché.

AIR : *Plainte de Fortunio — en cascade.*

Si vous croyez que je vais dire
Que je suis laid,
Je n'oserai pas pour l'empire
De M'sieur Verdet.
Nous pourrions chanter, c'est commode,
Si vous vouliez,

Que c'est chez moi qu'on raccommode
Sabots, souliers.
Je suis ce qu'un dieu fantaisiste
M'a fait, oui dà !
Pas plus qu'un autre, je suis triste,
Allez, pour ça.
Du mal que l'Alban' ma rivière,
Me fait souffrir,
On doit me délivrer, j'espère...
Et n' vois rien v'nir ;
Je ne me plains pas, mais la ville,
Devrait tâcher,
De te fair' propre autant qu'utile
Faubourg Maché.
AIR : *Savoisienne.*

REFRAIN.

Chantez de mon faubourg la foule travailleuse,
Dont la devise a pris ce mot : Fraternité !
Des enfants de Maché la mine plantureuse,
Respire la gaîté,
La loyauté.
De ce faubourg, jusqu'à présent mes hôtes
Ont conservé les mœurs du bon vieux temps.
Le noble orgueil qui fait les patriotes
Remplit le cœur de ses nobles enfants,
A chaque année la Saint-Pierre fait rage !...
Les mais, les fleurs pavoisent les maisons,
On y conclut plus d'un bon mariage
Que vont fêter danses et libations.

REFRAIN.

Si l'aspect du faubourg n'offre rien d'agréable
Et si ses habitants n'ont rien de recherché,
Le cœur est en revanche aussi noble qu'affable
Dans le faubourg Maché.
Vive Maché !

Ronde finale du premier acte.

AIR : *Grandes dames de la halle* (Offenbach).

Vous m'accorderez, je l' pense
Le droit d'être avec vous ici ?

CHŒUR.

Oui, oui, (7 fois).

LA HALLE.

Monument de belle apparence,
Je ne fais pas honte à mon nom.

CHŒUR.

Non, (bis).

LA HALLE.

De la ville je suis la tête :
Sans les marchés que ferait-on ?
Si l'on m' supprimait gar' la diète ?
Aux marchés faites honneur, sinon,
Je vais vous priver sans façon
De fruits, de viande et de poissons.

REFRAIN *(bis en chœur)*.

Vive la cité savoisienne
Notre Chambéry, qui sans peine,
Dans l'écrin français est un bijou de reine.

FAUBOURG MACHÉ.

Je voudrais qu'un architecte habile,
Plaçât, ce ne serait pas trop mal,
La façad' de l'Hôtel de ville
Sur la ru' du Prince Impérial.

SAINT-MARTIN,

La plac' Saint-Léger est charmante
Mais j' s'rais d'avis qu'on la perçât,
Et, qu'on élargît, ça me tourmente
Cette pauvre rue du Sénat ?...

MACHÉ.

Ah ! messieurs, vous devriez tâcher
D'embellir le faubourg Maché !

L'ALBANE.

On d'vait, je crois, couvrir l'Albane,
Sans dout' le projet est perdu...

LA LEYSSE.

La Leysse demand' si l'on condamne
Son pont à rester suspendu ?

BOIGNE.

La gare est-elle pour la ville
Un assez vilain monument?
La Compagnie pour *Albertville*
Ne nous donn' pas l'embranchement.

CHEMIN DE FER.

Mon Dieu ! tout ça s'arrangera
Quand l' gaz d' prix diminuera?

MACHÉ.

Nous ne voulons pas fair' la guerre
A notr' Municipalité...
Car nous savons bien au contraire
D' ses bienfaits qu'on est enchanté...
Mais, Messieurs, il faut bien qu'on rie,
Le rire est frère de la chanson.
Ah ! dans cette plaisanterie,
Ne voyez pas une leçon.

Refrain.

Chanson du vin.

AIR : *Buvons sec*

Buvons sec, le vin est si bon,
Du bourru quand il a le nom
C'est du rire et de la chanson
Notre plus joyeux compagnon.
Chambériens, sautent les bouchons.

Débouchons
Nos vieux flacons,
Ton, ton, ton

Digue, digue ton.
Vidons un flacon.
Voici le corniole qui coule,
O Bamborins ! qui coule à flots.
A Barberaz voici la foule
Qui fait remplir ses jovelots
Pour en arroser les diaux !

III.

Des Bamborins, ô bons apôtres
N'oubliez pas que Chambéry,
Aux environs en a bien d'autres,
Apremont, Montmélian, voici
Le Chignin qui réclame aussi !

IV.

Tous les pompiers sont unanimes,
Surtout en mangeant des radis,
A dire que le vin des Abymes
Est le meilleur vin du pays.
Viv' le vin blanc de los Abits.

Rondeau de la ville d'Aix.

AIR : *Valse de Giselle.*

Dans Aix-les-Bains, bien portants ou malades,
Vous trouverez un charmant rendez-vous,
Et mes plaisirs, mes bains, mes promenades,
L'été prochain vous ramèneront tous !
Voici mon lac et la *Maison du Diable*,
Site charmant facile aux promeneurs.
Peut-on rêver rien de plus agréable,
Que cette rive aux magiques couleurs ?
Là-bas ! ce bois, c'est le bois Lamartine,
Un jour, dit-on, l'amour et la douleur
Firent tomber de sa lyre divine
Ce chant du lac, cette perle du cœur.
Quels souvenirs ou de deuil, ou de joie,

Débris anciens, arcs laissés par le temps !
Là les tombeaux des comtes de Savoie.
Partout coquets ou nobles monuments.
J'ai des salons, des jardins pleins de roses,
Pour la beauté c'est un bon hôpital ;
Mon casino contient entr'autres choses,
Les agréments du concert et du bal.
On n'entend plus le bruit de la roulette,
Livrer de l'or aux griffes du râteau
On boit, on mange, on rit, c'est très-honnête,
Et pour guérir c'est tout ce qu'il vous faut.
Pour vous distraire au milieu des montagnes,
J'ai, mes amis, l'air aux âcres senteurs,
Dans les vallons que forment mes campagnes
Vous trouverez de l'ombrage et des fleurs.
Si je voulais, longue serait la liste,
Citer les noms de mes hôtes charmants ;
On sait que j'eus du monde et des artistes,
Les plus grands noms et les plus grands ta-
[lents.]
Car je suis bien, en hôtels, promenades,
Comme en plaisirs, un joyeux rendez-vons.
Venez-y donc, bien portants ou malades,
Vous me verrez, et vous guérirez tous.

Couplets du Bal champêtre.

AIR: *Mariée du Berry.*

Chambéry, dans les champs l'été s'éparpille,
A la Boisse on va
Oui dà !
Chez la Diassetta.
Les parents, les amis, toute la famille,
Y vont goûter et danser,
Rire et s'amuser.
Ohé ! Ohé !

Allons à cette campagne,
Où sourit Branche-Janin
Ohé! Ohé!
Pour boire son vin de l'Aràgne.
Croyez-moi, partons pour Cognin.

Refrain bissé en chœur.

(petite bourrée sur le bis).

Et tour à tour au son de la chansonnette
Et de la musette
On danse, on boit et l'on rit.
Ah! Ah! Ah! Aux champs qu'elle fête!
Ah! Ah! Ah! Enfants de Chambéry.
II.
Mont-Carmel et Barberaz attirent du monde.
Mangeons sans retard
Oui dà!
L'omelette au lard.
Nous irons chez la Brune qui pourtant est
[blonde,]
Mais n'y torna plus,
Zaifants,
Car tot est pardu!
Ohé! Ohé!
Les danseurs pleins d'allégresse,
Vous invitent maintenant
Ohé! Ohé!
A les retrouver à la Peysse,
Chez la mère Gotteland.
Ah!
Et tour à tour, etc.

Rondeau de la Papeterie.

Au papier de tous les produits
Le plus utile, rendez grâce;

Quoique l'on dise et quoi qu'on fasse,
Il rend des services sans prix.
De l'amour qui passe ou commence,
Il relie ou bien rompt les nœuds.
Du solliciteur l'espérance
Par lui voit avancer ses vœux,
Des gens qui ne s'accordent pas,
Il sait faire cesser la guerre,
Du papier grâce au ministère,
La paix fait cesser les combats.
Dans le commerce ou l'industrie
Il est le plus puissant levier;
Quand on est loin la causerie
Se remplace par le papier.
Ah! les postes le savent bien !
Le monde entier veut correspondre,
On vous écrit, il faut répondre
Le papier est le seul moyen.
C'est sur lui que l'enfance essaie
Ses premiers bonshommes, souvent
Par lui le créancier se paie :
Le papier remplace l'argent.
Et que ferait la banque encor
Sans moi son premier auxiliaire ?
Garat m'a pris, il a su faire
Avec un chiffon un trésor.
Je suis une mine féconde,
Cette ville en a profité,
Et ses produits du Bout-du-Monde
Ont un renom bien mérité.
Au papier etc.

Couplet du Drap.

Pourtant les draps sont fort utiles
Pour revêtir citadins ou soldats.
A Chambéry nous sommes tous habiles

A fabriquer de France les bons draps.
Adam n'avait, je sais bien, pas plus qu'Eve
  Trouvé le drap ainsi qu' les vêtements !
Voulez-vous donc si nous étions en grève
Qu'Adam revît peu vêtus ses enfants ?
Non, travaillons sans relâche ni trève
  Pour que nos draps défient leurs con-
                              [currents.

Rondeau de la Ganterie.

AIR : *Margot.*

Hochet charmant dont s'arme la toilette,
Poste discrète où vont les billets doux,
Qui rend encore une main plus coquette
Mais bien souvent cache aussi le dessous.
O gant! tu tiens ta place dans ce monde:
Si l'on prenait ton rôle au sérieux,
On trouverait ta morale profonde :
  Pour toi, jadis, ont combattu des preux;
Quand gente dame au vainqueur dans
                              [l'arène
Jetait son gant comme prix du tournoi,
Le chevalier la déclarait sa reine
Et pour un jour le gant le faisait roi.
Dans un défi, qu'on le jette à la face
Et ce hochet, si discret, si charmant
Devient alors une affreuse menace
Qui pour l'honneur se lave dans le sang.
Mais c'est au bal que brille son mérite
Ah ! s'il pouvait parler, que de discours,
Quels serrements de mains dont il hérite
Dans les adieux, surtout dans les amours !
Le gant que met la jeune fiancée
Sent le premier la fièvre de l'hymen,
Et quant la bague à son doigt est placée

Le sceau sacré sur le gant est empreint.
Dans vos tiroirs où vos lettres fanées
Dorment pleurant un passé bien aimé,
Vieux amoureux, femmes abandonnées
Je vois encore un gant tout parfumé !
Le gant du reste est un objet habile
Qui de nos jours partout s'est introduit
L'hiver, l'été, toujours il est utile:
On ne peut plus s'en passer aujourd'hui.
Vous le voyez ce hochet de toilette
Chacun de nous l'aime et s'en pare; aussi
Soyons heureux que la France en achète
Pour faire honneur aux gants de Cham-
[béry.

Couplet de la Tannerie.

AIR : *M. Favart.*

Car vous pouvez voir dans la ville
Comment marchent mes ateliers
La tannerie est fort utile,
Elle occup' beaucoup d'ouvriers.

JUPITER.

Mais je suis surpris, quand j'y pense,
De voir que vous avez tant d' plaisir
A prouver que votr' ville en France,
Est la plus forte sur les cuirs.

Ronde de la Gaze.

AIR : *De la Fiancée.*

Ah ! je plairai toujours
Dames à vos atours !
Mon Dieu, la gaze est si légère,
Son voile est si discret,
Qu'un regard indiscret

Y voit comme à travers un verre
De magiques couleurs,
De points, de raies, de fleurs,
J'orne mon fin tissu
Qui partout est reçu.
Vos guimpes, vos bonnets,
Vos costumes coquets
Sont à cet ornement
Un hommage éclatant.
Le printemps sonne, allons
Ouvriers, travaillons
A la gaze qu'on nous achète !
Voici Paris qui vient,
Chambéry le sait bien
Dans nos magasins faire emplète.
Achetez, achetez,
O coquettes beautés,
La gaze qui toujours
Doit plaire à vos atours.

Stances du Souvenir des Charmettes.

C'est un simple réduit qui n'a pour seul mérite,
Que le grand souvenir de Rousseau qui l'habite,
Madame de Warens vient aussi réveiller,
Quand un couple amoureux trouble cette retraite,
Les jours joyeux d'amour, de travail et de fête
Où le grand philosophe alors encor poëte,
S'il n'avait pas aimé, n'aurait pu travailler.
Venez ! ne craignez pas d'évoquer un fantôme,
Ce toit hospitalier que recouvre le chaume
Ne porte pas le nom orgueilleux de château.
Ah ! ce n'est plus Ferney, cette demeure altière
Où Genève à genoux priait le dieu Voltaire ;
Les Charmettes ne sont qu'une simple chaumière
Qui vit aimer, penser, vivre, souffrir Rousseau.

Salut, humble jardin et petite terrasse,
Votre tournure encore a conservé la trace
De l'homme qui vous a soignés et cultivés.
Rien n'est changé ! vallon où coule une rigole
A travers des cailloux, lieu discret où s'isole
Un poëte qui n'a dans le cœur qu'une idole...
Salut ! vous voilà tels que je vous ai rêvés !
Entrez, c'est la maison comme ils l'ont habitée,
Dirait-on pas q'hier à peine ils l'ont quittée !
Voici sa montre et là voici leur clavecin,
Tout vous parlera d'eux, et l'écho des collines
Sous les grands châtaigniers, à l'ombre des ruines,
Apportera l'éclat de leurs voix enfantines
Qu'entrecoupe l'éclat de leur rire argentin.
Adieu ! grands souvenirs ! poëme ineffaçable !
Les Charmettes toujours ont un sourire affable
Pour l'étranger qui passe et n'y fait qu'un séjour.
Pourquoi ? c'est qu'on y trouve un berceau gran-
La révolution y puisera sa cause,   [diose :
Le poëte y verra la poësie éclose,
Et l'amoureux un nid, nid d'un premier amour.

GOEUR : AIR : *Soldats de Faust*.

Fêtons l'histoire de Chambéry,
Ses faits de gloire veulent aussi
A la mémoire se rappeler ici
Et tous avec gloire,
Oui chantons l'histoire
D' la ville de Chambéry.

Chant de la ville de Chambéry.

AIR : *Hymne à la Pologne*.

Dieu m'a permis notre sainte alliance,
La France et moi n'étions nous pas deux sœurs,
Puisqu'aujourd'hui nous avons l'assurance
D'être d'accord et des bras et des cœurs,
Partout surgit une ville nouvelle :
Mes monuments, mes institutions
Compléteront cette gloire immortelle,
Dont Chambéry s'éclaire des rayons.

Chœur général,

Salut à toi sur qui l'histoire
A versé ses rayons de gloire,
Et qu'une immortelle victoire
Sacre la reine des cités !
Dans ses annales héroïques
Dont nous conservons les reliques,
Comme preuve de nos fiertés !
Aussi d'une voix unanime
Chantons cette histoire sublime,
Qui du passé sort et s'anime,
Nous inondant de ses clartés.

LA VILLE.

Chez les Français depuis longtemps nous sommes
Au premier rang, Chambéry n'a-t-il pas
Longtemps doté la France de grands hommes ?
Favre d'abord et son fils Vaugelas !
De Maistre est là, réclamant une place.
Homme fameux ! merci ! pour vos bienfaits,
Ils ont changé de Chambéry la face
Et Chambéry ne l'oubliera jamais.

Rondeau des rues de Chambéry.

Air : *Saltarello*.

Chaque rue à son nom comique,
Où d'vrait loger chaque habitant
D'après le nom que la rue indique,
A Chambéry, voici comment :
J' mettrai rue de la Trésorerie,
Tous les richards, tous les banquiers,
J'enverrai rue de la Juiverie,
Les chrétiens qui sont usuriers,
Avec les pièces neuves on paie
Des vieilles nous nous débarrassons
En les mettant rue d'la Vieille-Monnaie,
Rue Neuv' plaçons les vieill' maisons,
Les charcutiers rue Saint-Antoine,
Rue Sainte-Barbe, les moins barbus,
Rue de la Métropol' chaqu' chanoine,
Rue des Nonnes, toutes les vertus ;
Rue du Verger, tous les fleuristes,
Rue des Prisons, les libertés ;
Rue d'Italie, tous les artistes ;
Rue du Sénat, les députés ;
Rue de la Gare, tous les esclaves ;
Rue de Lans, les gens pointus ;
Rue Croix-d'Or, les hommes braves ;
Enfin si je n'en trouve plus,
Vous voyez que de noms comiques
Fourmillent dans les rues ; aussi,
On pourrait, grâce à ces rubriques
Loger, déloger Chambéry.

Couplet de la Fontaine de la Boisse.

AIR : *Dijonnaise*.

Rout' de la Boisse on voit
Une charmante fontaine,
Rout' de la Boisse on voit
Plus d'un coquet endroit.
C'est là que la Chambérienne
Au bras de son amoureux
Vient y guérir la peine
De son cœur langoureux.
Mes eaux ferrugineuses
Vous rendront amoureuses,
Venez, bell' amoureuses.
Naïde aux cheveux roux,
Venez, venez sur ma rive !
Naïade aux cheveux roux,
Je suis un rendez-vous.
Mon eau dépurative
Plaît à tout Chambéry ;
Même avant qu'on arrive
Souvent on est guéri.
Seule ma promenade
Guérira le malade :
Venez en promenade.

Pot-pourri des Promenades et Environs.

AIR : *Et mon beau château.*

Les Promenades.

Promeneurs, flaneurs,
S'il vous faut des promenades,
Promeneurs, flaneurs,
En ville j'en ai plusieurs,

Les Environs.

Des Monts,
Des Vallons,
Des Gorges ou des Cascades !
Des Monts,
Des Vallons,
Choisissez, nous en avons.

Les Promenades.

AIR : *Grand Dieu qu'il est beau le chapeau
de la Marguerite.*

Voyez ces immenses platanes
Ceinture de nos boulevards,
L'été, leurs épaisses lianes
D'ombrages nous font des remparts.
Comme l'avenue est coquette,
Qui nous conduit au Champ de Mars,
Et les délicieux boulevards
De l'Hôpital, de la Grenette,
Plairont toujours au Chambérien !
Ah ! grand Dieu chez moi qu'on est bien
Dès que le printemps est en fête.

Les Environs.

AIR : *Pied qui r'mue.*

Moi j'ai maint endroit
Dont m'a doté la nature,
Moi j'ai maint endroit
Fort agréables, ma foi !
Au Buisson-Rond n'avez vous pas
La plus mignonne des villas,
Puis les Charmettes de Rousseau,
Ont un charme sans cess' nouveau,
Vieux châteaux, vieilles tours,

Rochers, forêts, mousse et verdure
De Chambéry toujours,
Je veux que ce soient les amours.

La Fontaine de la Boisse.
AIR : *Dites-lui*. (Grande Duchesse).

Ce château
Si beau,
Qu'ont honoré nos pères,
N'a-t-il pas
Là bas
Un jardin ravissant.
Maintenant
Encor des arbres séculaires
Ombrage discret,
Rappellent Nivollet,
Le grand siècle auquel tu remontes,
O Grand-Jardin fait ta fierté,
Et cet asile de nos comtes,
Nous l'avons choyé, respecté !

Les Environs.

AIR : *Roi Dagobert*.

La cascade de Couz
Est un plus joyeux rendez-vous.
Pour le voir du moins,
Quels joyeux chemins,
Par là c'est Bissy
Et Jacob le joli,
Jamais la Suiss' n'aura
De plus beaux chemins que ceux-là.

La Fontaine de la Boisse.

AIR : *Malbroug*.

Mon jardin botanique,

Jeune, bien qu'on y mett' de l'antique,
Mon jardin botanique
Offre à tous les curieux,
Un coup d'œil délicieux.

Les Environs.

AIR : *Dans son do do, dans son domaine.*
Sur les côtes voisines,
Dans des bois de sapins.
Ah ! ah !
Sur toutes les collines
Parcourons les chemins.
Ah ! ah !
Courons dans les ravines
Au Bout-du-Monde allons,
Et visitons les ruines
Peuplant les environs,
Sur les coco, Oh ! Oh ! (bis)
Sur les collines.

———

Couplet des Environs.

AIR : *Sapeur*.

Me fair' la cour, quell' triste aubaine
Pour un grand séducteur comm' toi.
Ah !
Quand de femmes la terre est pleine,
Que viens-tu t'adresser à moi,
L'amour dont tu fais une loi,
Te fera perdr' la têt', j' crois
Le Dieu de l'Olymp' descend en France
Sous prétexte de changer d'air,
Ah !
C'est pour y faire une connaissance :
Rien n'est sacré pour Jupiter.

———

Rondeau du Jardin Public.

Air : *Meli Melo.*

LE JARDIN.

Mes tilleuls, je vous regrette,
Combien l'on vous a gâtés.
Mais sous votre ombre discrète
Quels souvenirs sont restés ;
Mes massifs restent encore
Depuis près de six cents ans.
Ma promenade, on l'adore ;
Les vieillards et les enfants
Viennent dans cette retraite,
Les uns chercher le repos,
Les autres de cris de fêtes
Réveillent tous les échos.
L'été, surtout les soirées,
Mon jardin est très-fêté,
Les dames y sont parées
Et toute la société
A qui mon jardin sait plaire,
Ecoute en se promenant
La musique militaire
Ou bien le café chantant.
Aussi faut-il voir la foule
A ces sons harmonieux
Dont chaque flot se déroule,
Dès huit heures sous mes yeux !
Ce jardin est très-commode,
Mais du reste à Chambéry,
S'y promener, c'est la mode,
Cela suffit aujourd'hui.

Ronde du Chambéry de l'avenir.

Air : *Youp, youp, peti petap !*

MERCURE.
En France, vous avez voy...

Youp, youp, peti, petap, tap, tap, peti, peti,
peti, petap,
En France vous avez voyagé
Youp, youp lariradondé.

JUNON.

Vous ne vous êtes pas fa-
Youp, etc.
Vous ne vous êtes pas fatigué,
Youp, etc.

JUPITER,

Dans la Savoie je re-
Youp, etc.
Dans la Savoie je reviendrai,
Youp, etc.

MERCURE.

Et vous reverrez tout
Youp, etc.
Et vous reverrez tout changé.

JUNON.

Dans cent ans c' s'ra boul'
Youp, etc.
Dans cent ans c' sera bouleversé.
Youp, etc.

JUPITER.

On s'ra mieux éclairé
Youp. etc.
On le s'ra par l'électricité,
Youp, etc.

MERCURE.

De la ville le plus beau
Quartier sera le quartier Maché.
Youp, etc.

JUNON.

Et le pont suspendu
Youp, etc.
Sera complétement achevé.
Youp, etc.

JUPITER.

On n' v'rra plus les pompiers,
Accaparer les ravonnets.
Youp, etc.

JUNON.

Le chemin d' fer d'Albertville,
Aux voyageurs sera livré.
Youp, etc.

JUPITER.

Près du Palais de Justice,
Les prisons seront transférées.

MERCURE.

De Chambéry, les places,
Les places seront frotté', ciré'.
Youp, etc.

JUNON.

Dans tous les restaurants,
On pourra manger sans payer.
Youp, etc.

JUPITER.

On verra les patrons,
Être payés par les ouvriers.

TOUS.

Bref, Chambéry sera
Un pays des plus élégants.
Vive Chambéry dans cent ans.

Ronde finale.

LE PRINTEMPS.

On m' dit d' chanter, mais je crois savoir,
Quand on chant' faux, qu' ça fait pleuvoir.
Nous avons tant chanté ce soir
Qu'il pourrait ma foi bien pleuvoir.
(Parlé). S'il pleut encore des bravos, ô Messieurs, ne nous dites pas...
Turlututu, turlututu, etc.
(*Refrain une fois seul, une fois en chœur*).

LE VIN.

Les bamborins, je connais çà,
En carême fêt' d' Dodon Riouta,
Combien leur faut-il de jovelots,
Pour faire digérer ces gâteaux ?
(Parlé). Une demi-douzaine à chacun, et vous
croyez qu'ils en ont de trop ?
Turlututu, etc.

JUNON.

Je connais un certain coiffeur,
Qui d'un' pommade est l'inventeur !
Ça donne des cheveux aux Chambériens,
Mais ça ne fait pas pousser les siens ;
(Parlé). Et il dit qu'il n'a pas essayé sa pom-
made... quel toupet !
Turlututu, etc.

JUPITER.

On me disait que dans Paris,
Les femmes trompaient leurs maris ;
J'y suis allé mais n'ai rien vu
Que Chambéry n'ait déjà vu !
(Parlé). Je sais bien que ça étonne les maris,
mais les garçons !..
Turlututu, etc.

MERCURE.

Nos deux auteurs sont peu connus,
A peine ici les a-t-on vus ?
Mais leur revue, ils ont l'espoir
Que vous viendrez tous la revoir,
(Parlé). Et surtout que vous ne leur direz
pas
Turlututu. etc.

DES MÊMES AUTEURS

Le dernier jour d'un astrologue, vaud en 1 acte.

Un Pierrot sur la branche, folie-vaud. en 1 acte.

Le quart d'heure de Rabelais, com. vaud. 3 act.

Les Frères Malheur, vaud. en un acte.

Les Mémoires de Rizetta, vaud. en 1 acte.

Mistigris, vaud. en 3 actes.

Les Rigolos de l'Amour, vaud. en 3 actes.

L'Amour en Province, comédie en 1 acte.

www.ingramcontent.com/pod-product-compliance
Lightning Source LLC
Chambersburg PA
CBHW061613180626
46818CB00005B/2061